LE POIGNARD
MAGIQUE

Adam Blade

**Adapté de l'anglais
par Blandine Longre**

LE POIGNARD
MAGIQUE

hachette
JEUNESSE

Gorgonia

Le Campement rebelle de Kaloom

Forêt Impénétrable

Forêt Tropicale

Les Grandes Vallées

L'Océan Noir

Le Château en ruine

COMMENT LIRE

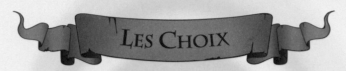

LES CHOIX

À chaque fin de chapitre, ce visuel t'indique où continuer ta lecture. S'il indique « **rendez-vous au 13** », tu devras chercher le chapitre 13 pour continuer ton aventure. **Attention, parfois, deux options te sont proposées… à toi de faire le bon choix !**

— Il faut les suivre, conseilles-tu à Tom. Peut-être que vous devriez demander aux rebelles de venir avec vous ?

✦ Choisis ta destinée ✦

Pour partir sans les rebelles, rendez-vous au 13.

Pour emmener les rebelles avec vous, va au 21.

CE LIVRE ?

LES CHAPITRES

Pour repérer les chapitres,
cherche les numéros comme celui-ci.
Ils apparaissent **en haut de page**.

13

Après avoir quitté le campement des rebelles, Tom et toi, vous montez sur vos chevaux et vous élancez au galop à la poursuite de Malvel, en direction de la Ville de l'Ouest.

Mais, un instant plus tard, vous entendez un rugissement féroce.

— Les rebelles sont attaqués ! t'exclames-tu.

Aussitôt, vous faites demi-tour. Au milieu des tentes, vous voyez une Bête gris argenté gigantesque. Ses quatre pattes semblent aussi solides que des troncs d'arbre. Elle a une corne au centre du front.

Tu as l'impression d'entendre la voix moqueuse de Malvel : « Prenez garde à Klaxa, le rhinocéros géant... »

Dans le campement, Klaxa piétine tout sur son passage. Puis le monstre se tourne vers un rebelle et le transperce de sa corne, d'où coule un liquide violet...

MARLIK

Marlik, le monstre des eaux, est une Bête
maléfique qui a le pouvoir de changer de
forme. Elle peut prendre l'apparence d'une
autre créature ou bien se transformer en eau.

KLAXA

Klaxa est une Bête deux fois plus grosse qu'un
rhinocéros. Elle est capable de rétracter ses
pattes et sa tête pour ressembler à un énorme
rocher afin de surprendre ses victimes.

MALVEL

À cause des sortilèges et des Bêtes
du sorcier Malvel, le royaume
d'Avantia court un grand danger.

TOM

Tom est le héros d'Avantia. Il doit
libérer les Bêtes ensorcelées par
Malvel. Il ne perd jamais courage.

Gorgonia est en danger !

Les rebelles qui s'opposent
à Malvel ont juré de libérer le
royaume. Pour cela, ils ont fabriqué
le poignard du destin à partir d'un
métal magique qui a des pouvoirs
protecteurs.

Mais le sorcier maléfique a volé la
dague et créé deux Bêtes effrayantes :
Marlik, le monstre des eaux, et Klaxa, le rhinocéros
géant, pour attaquer les rebelles et protéger le
poignard.

Par chance, Tom et Elena ont promis d'aider
les rebelles. Et ils ont aussi un nouveau
compagnon… TOI !

Auras-tu le courage d'affronter Marlik
et Klaxa ? Arriveras-tu à retrouver le poignard
magique avant qu'il ne soit trop tard ?

Kerlo,
le gardien des Portes

Les rayons du soleil se reflètent à la surface de l'océan d'Avantia. Tom, Elena et toi, vous êtes sur un bateau de pêche. Elena fait pivoter la grande voile face à la brise.

— Ici, ce sera parfait, déclare-t-elle.

Tu ramasses le filet posé sur le pont, mais tu n'as pas le temps de le jeter dans l'eau : une forme sombre apparaît à l'horizon.

— C'est une barque ! constates-tu.

Elena approche votre bateau de l'autre embarcation, au fond de laquelle une jeune fille est étendue. Sa chevelure rousse cache son visage.

Tom et toi, vous vous penchez pour la soulever et l'installer dans votre bateau.

— Elle vient de Gorgonia, remarque ton ami en désignant le talisman d'argent accroché à son cou. Tous les rebelles de ce royaume portent ce médaillon.

Elena prend une gourde d'eau et s'agenouille près de la jeune fille. Elle écarte doucement les cheveux de son visage.

Tom et Elena poussent un cri de surprise.

— Odora ! s'exclame ensuite le garçon. On l'a rencontrée pendant l'une de nos quêtes…

Odora ouvre les yeux.

— Malvel… il l'a volé… murmure-t-elle avant de perdre connaissance.

Vous regagnez le rivage et vous portez la jeune fille sur la plage. Silver, le loup d'Elena, se couche près de vos armes. Tempête, le cheval de Tom, et Éclair, le tien, hennissent avec inquiétude.

Devant vous, l'air se met à scintiller et les mâchoires de pierre de Trillion, le lion à trois têtes, apparaissent pour former un immense portail.

— C'est le chemin vers Gorgonia ! s'écrie Tom.

— Je crois qu'Odora a essayé de nous expliquer quelque chose, ajoutes-tu. Il faut découvrir ce qui s'est passé là-bas !

Tom et toi, vous attrapez vos armes, puis vous placez Odora sur le dos de Tempête. Tu t'engages vers les mâchoires géantes de Trillion, suivi par tes compagnons. Lorsque vous franchissez la Porte du Lion, un éclair de lumière t'éblouit et une énergie magique traverse ton corps.

Quand tu rouvres les yeux, Avantia a disparu : tu te trouves maintenant à Gorgonia, sur une colline.

Quelqu'un est assis sur un rocher. Un long bâton est posé en travers de ses genoux. Sa cape flotte dans le vent et l'un de ses yeux est couvert d'un bandeau noir.

— C'est Kerlo, le gardien des Portes

entre Avantia et Gorgonia, chuchote Tom.

Tu te demandes si tu dois t'approcher de lui ou bien l'éviter…

Choisis ta destinée

**Pour parler avec Kerlo,
rendez-vous au 29.**

**Pour éviter Kerlo,
va au 40.**

Tom et toi, vous conduisez les rebelles dans la Forêt Tropicale. Il fait chaud et l'air est tellement étouffant que vous avez du mal à respirer.

De nombreux insectes bourdonnent autour de vous. L'un d'eux te mord l'épaule. Quand tu te retournes pour le chasser, tu réalises qu'il s'agit en fait d'une chauve-souris !

Au même instant, une nuée de chauves-souris tombent des arbres en poussant des cris perçants : elles donnent des coups de griffes aux rebelles.

— Vite ! hurles-tu en encourageant Éclair à partir au galop.

À l'aide de ton bouclier, tu repousses les chauves-souris et tu parviens à sortir de la forêt : tu te retrouves devant la Ville de l'Ouest... dont les portes sont fermées.

— Comment est-ce qu'on va entrer ? demande Tom.

Tu regardes autour de toi : tu vois un arbre sur le point de tomber et une énorme catapulte. Tu pourrais peut-être te servir de l'arbre comme d'un bélier pour ouvrir les portes ? Ou bien préfères-tu utiliser la catapulte ?

— ✦ Choisis ta destinée ✦ —

Pour utiliser le bélier, va au 19.

Pour plutôt utiliser la catapulte, va au 26.

— Viens ici, Kaymon ! provoques-tu le monstre en dégainant ton épée. Tu ne nous fais pas peur !

Les crocs luisants de bave, la Bête est tapie contre le sol. Soudain, avec un grognement, elle bondit vers toi.

Tom lève son bouclier pour la repousser, mais Kaymon projette ton compagnon sur les pavés de la cour.

Avec ton épée, tu frappes le flanc de la Bête et réussis à la blesser : elle pousse un hurlement de rage. Aussitôt, son corps se met à se transformer. Tu retiens un cri d'horreur : au lieu d'un chien, il y en a maintenant trois !

D'un coup de patte, l'un des chiens écarte ton arme. Du coin de l'œil, tu vois que les deux autres créatures s'élancent à la poursuite de Tom, qui s'enfuit sur les remparts.

« Comment faire pour combattre trois Bêtes à la fois ? » te demandes-tu.

Tu attrapes une pierre et frappes Kaymon à la tête : il s'effondre contre un pilier, qui s'écroule sur lui. Tu as juste le temps de sauter sur le côté pour l'éviter.

Au centre de la cour, tu remarques un anneau de métal dans une dalle au sol. C'est une trappe ! Elle te permettra peut-être de quitter le château…

Tu aperçois Tom sur les remparts : il continue de se battre contre les deux autres chiens. Si vous mourez tous les deux, votre quête sera terminée. Mais est-ce que tu peux abandonner ton ami ici ?

Choisis ta destinée

Pour passer par la trappe et laisser Tom dans le château, va au 51.

Pour rester et aider Tom, fonce au 54.

Tom et toi, vous laissez les chevaux sur la rive et vous grimpez à l'échelle. Elle passe au-dessus des douves et mène à l'une des fenêtres de la plus haute tour du château.

Crac ! Un des barreaux faits d'ossements vient de se briser sous ton pied.

— Dépêche-toi ! crie Tom, juste en dessous.

Tu continues à avancer et finis par atteindre la fenêtre. Une main squelettique se tend alors vers toi. Tu n'as pas le choix : tu la prends.

Elle appartient à une vieille femme vêtue d'une cape noire, qui te hisse à l'intérieur du château.

Tom et toi, vous vous retrouvez dans une pièce sombre. La vieille sort une boule de cristal de sous sa cape.

— Cette femme doit être une voyante : elle peut prédire l'avenir, chuchote ton compagnon.

— Suivez-moi ! siffle la voyante en se dirigeant vers un escalier de pierre.

⊹ Choisis ta destinée ⊹

Si tu décides de suivre la voyante, va au 9.

Pour refuser de la suivre, rendez-vous au 16.

Tu souffles de toutes tes forces dans la corne de Kaloom et les rebelles se tournent vers toi.

— Attention ! te prévient un homme.

Tu te retournes et aperçois Marlik qui jaillit d'un buisson. Un de ses bras se transforme en puissant jet d'eau, qu'il t'envoie au visage. Pendant un instant, tu ne vois plus rien et tu ne peux plus respirer.

Heureusement, Tom se place devant toi et se sert de son bouclier pour repousser l'eau et la rediriger sur la Bête. Marlik tombe sur le sol en agitant ses tentacules.

— On s'occupe de cette créature ! vous propose un rebelle. Vous feriez mieux de partir à la recherche de Malvel. Il a emporté le poignard magique dans la Ville de l'Ouest.

Tom et toi, vous remerciez les rebelles et vous montez sur vos chevaux.

À l'extérieur de la ville, plusieurs maisons sont en feu.

— Malvel détruit tout sur son passage, murmures-tu.

La route que vous empruntez s'enfonce sous terre et se transforme en tunnel. Des torches projettent des ombres inquiétantes sur les murs.

Tout à coup, un rire moqueur résonne.

— Malvel ! chuchote Tom.

Est-ce que tu devrais te cacher ? À moins que tu ne préfères suivre le sorcier maléfique ?

Choisis ta destinée

Pour te cacher afin d'échapper à Malvel, va au 38.

Pour suivre Malvel, rends-toi au 42.

— On refuse de te donner nos chevaux, réponds-tu au garçon. Tu devrais plutôt nous aider à sauver Gorgonia.

Il a l'air furieux : il serre les poings.

Du coup, tu réfléchis très vite à un plan.

— En fait, c'est d'accord, mens-tu. Mais on te laissera nos chevaux seulement quand tu nous auras conduits au château en ruine.

— Très bien, accepte le garçon.

Il avance sur le terrain rocheux et Tom et toi, vous le suivez, montés sur Tempête et Éclair.

— Je ne veux pas lui confier Tempête, chuchote ton ami, inquiet.

— Dès qu'on arrivera près du château, on s'enfuira au galop, expliques-tu. Il ne pourra pas nous rattraper !

Tout à coup, le garçon disparaît dans un trou.

— Au secours ! hurle-t-il.

Sans hésiter, tu descends d'Éclair et tu te penches vers le trou. Le garçon se débat en criant.

— On doit l'aider à sortir de là, déclare Tom.

Pourtant, tu hésites… Est-ce que vous pouvez lui faire confiance ?

✦ Choisis ta destinée ✦

Pour aider le garçon à sortir du trou, rendez-vous au 18.

Pour le laisser dans le trou et partir vers le château, va au 32.

Tom et toi, vous entrez dans la salle remplie d'armures.

— D'où est-ce qu'elles peuvent bien venir ? demandes-tu, étonné.

— C'est Malvel qui les a volées, dit tout à coup une voix que tu connais bien.

Tu te retournes.

— Elena ! t'exclames-tu.

— Comment es-tu arrivée ici ? l'interroge Tom.

Votre amie sourit.

— Aduro m'a envoyée à Gorgonia. Il savait que vous auriez besoin de mon aide. Pendant que je vous cherchais, j'ai vu Malvel, le poignard magique accroché à sa ceinture. Il avançait dans les tunnels !

Vous vous précipitez tous les trois hors de la salle. Soudain vous entendez un bruit étrange derrière vous. Vous vous arrêtez aussitôt.

— Tu crois que c'est une Bête ? t'inquiètes-tu. Je vais aller voir.

Elena secoue la tête.

— Non, le poignard est plus important, affirme-t-elle.

Choisis ta destinée

Pour suivre Elena, rendez-vous au 12.

Pour chercher quand même d'où vient le bruit, va au 27.

Tu fais une roulade dans la boue et ramasses ton épée. Klaxa fonce sur toi en rugissant et te manque de justesse. Tu bondis sur tes pieds et te places près de Tom. Tu observes le corps de la Bête, à la recherche d'un point faible. Ses flancs sont protégés par une épaisse carapace de cuir qui forme comme une armure.

— Vise ses yeux et son ventre ! conseilles-tu à Tom.

Tandis que Klaxa charge de nouveau, ton ami et toi, vous brandissez vos armes. La Bête secoue la tête pendant que vos lames frappent sa corne. Un liquide violet se met à couler le long de vos épées. Du poison !

Terrifiés, Tempête et Éclair reculent dans les buissons. Les branches couvertes d'épines se tendent vers eux, comme des mains squelettiques, et attrapent la queue de ton cheval ! Paniqué, celui-ci essaie de se dégager.

Klaxa pose les yeux sur Éclair.

Alors que la Bête se précipite sur ton cheval, tu lances ton épée dans sa direction. La lame tranche le bout de la queue d'Éclair, tu l'as libéré ! Le rhinocéros s'écrase dans les buissons d'épines en poussant un grognement de surprise. Cette fois, les branches s'enroulent autour de la Bête, qui est prise au piège à son tour.

— Allons-y, la voie est dégagée ! s'écrie Tom.

Sans attendre, vous montez sur vos chevaux qui s'élancent au galop vers le château en ruine.

— C'est exactement le genre d'endroit où Malvel aurait l'idée de cacher le poignard magique, remarques-tu.

Le château est entouré de douves. Une longue échelle, dont les barreaux sont faits en os, part de la rive et grimpe vers une tour. Dans l'eau, tu vois aussi une barque.

Quel moyen vas-tu utiliser pour entrer dans le château ?

Choisis ta destinée

**Pour grimper à l'échelle,
rendez-vous au 4.**

**Si tu décides de grimper dans la barque,
va au 36.**

Tom et toi, vous suivez la voyante dans un escalier en colimaçon qui mène au sommet de la tour. Vous entrez finalement dans une pièce remplie de coffres ouverts. Ils sont tous vides !

— C'était la salle du trésor de Gorgonia, explique la vieille femme. Les rebelles se servaient de ces richesses pour combattre Malvel.

Elle vous montre une vitrine vide accrochée au mur.

— Le poignard du destin était rangé ici.

La voyante regarde ensuite dans sa boule de cristal. Tom et toi, vous retenez un cri de surprise en voyant une image apparaître : vous distinguez des rangées de tentes et des hommes et des femmes en train de bavarder. Puis l'image s'évanouit et le visage de Malvel la remplace.

— Qu'est-ce que ça veut dire ? demandes-tu.

— Le sorcier maléfique se trouve dans le campement rebelle de Kaloom, déclare la vieille femme. Il a le poignard.

À ces mots, elle vous conduit vers un escalier qui s'enfonce sous terre et débouche sur un tunnel.

— Suivez-le, vous conseille la voyante. Il vous conduira à vos chevaux. Bonne chance, jeunes guerriers ! Le destin de Gorgonia dépend de vous.

Quand Tom et toi, vous arrivez enfin au campement de Kaloom, vous vous cachez derrière des buissons pour surveiller ce qui se passe. Les rebelles portent tous un talisman autour du cou, identique à celui d'Odora.

Un homme de haute taille, dont le visage est dissimulé sous le capuchon de sa cape, se dirige vers les tentes.

— Allons lui dire qu'on est venus les aider, propose Tom.

Mais tu as remarqué que cet homme ne portait pas de talisman... Est-ce que tu peux lui faire confiance ?

Choisis ta destinée

Pour t'approcher de l'homme malgré tout, va au 14.

Pour rester caché, rendez-vous au 30.

— Tout le monde à Avantia est fier de vous, déclare le roi Hugo en souriant.

Tom, Elena, Aduro et toi, vous êtes invités à un banquet. La table est chargée de pommes de terre grillées, de viandes et d'un gâteau énorme.

Tempête et Éclair, eux, se régalent avec de l'avoine dans l'écurie : ils l'ont bien mérité !

Au château, Elena lance une cuisse de poulet à Silver, couché à ses pieds.

— Je suis convaincu qu'il y aura d'autres quêtes, annonce Aduro.

Tom acquiesce. La bouche pleine, il déclare :

— Malvel est peut-être parti pour l'instant, mais il reviendra, c'est sûr !

— Et on sera toujours là pour le combattre ! ajoutes-tu.

Bravo, grâce à toi, le royaume de Gorgonia est sauvé !

MAIS QUE SE SERAIT-IL PASSÉ SI TU AVAIS FAIT D'AUTRES CHOIX ? POUR LE DÉCOUVRIR, RECOMMENCE L'AVENTURE !

Tu donnes un coup de pied dans la table : le flacon tombe et se brise sur le sol.

Puis tu te sers des éclats de verre pour trancher les cordes autour de vos poignets et de vos chevilles. Enfin, tu soulèves la toile de la tente et, Tom et toi, vous sortez en rampant. Tu es soulagé de retrouver ton épée et ton bouclier dans l'herbe.

Vous vous cachez derrière un groupe de rebelles. Tu aperçois Malvel regarder à l'intérieur de la tente et son visage s'assombrit.

— Ils se sont échappés ! gronde-t-il.

Le poignard du destin, au pommeau orné d'un crâne, est glissé dans sa ceinture !

Tout à coup, les rebelles poussent des cris effrayés : une ombre plane au-dessus du campement. Il s'agit d'un immense cheval volant aux ailes gigantesques. Ses mâchoires claquent avec férocité.

— Skor, murmure Tom.

La Bête atterrit près de Malvel, qui grimpe sur son dos.

— En route pour la Ville de l'Ouest ! ordonne le sorcier.

— Il faut qu'on le suive, proposes-tu à Tom. Et on devrait emmener les rebelles avec nous.

Ton ami acquiesce.

Mais quel est le chemin le plus sûr pour aller à la Ville de l'Ouest ?

— Choisis ta destinée —

Pour traverser la Forêt Tropicale, rends-toi au 2.

Pour traverser la Forêt Impénétrable, fonce au 23.

Elena vous conduit, Tom et toi, à une échelle appuyée contre un mur : vous y grimpez, passez par une trappe et arrivez dans une salle des banquets, meublée d'une longue table en bois. Un chaudron bouillonnant est posé dans la cheminée.

Sur la table, tu vois une assiette d'argent remplie d'eau, au-dessus de laquelle tourbillonne une fumée bleue.

— Ça ressemble à la magie d'Aduro, déclare Elena. Il a peut-être un message pour nous…

Tu te penches au-dessus de l'assiette. La surface scintille, mais le bon sorcier n'apparaît pas. À sa place, une grande colonne d'eau en jaillit et se métamorphose en Bête recouverte d'écailles vertes. Des tentacules entourent son cou. Lorsque la créature ouvre la gueule pour rugir, tu aperçois ses dents, aussi acérées que des couteaux !

— Je suis content que tu sois là, Marlik, monstre des eaux ! s'exclame Malvel en riant.

Tu n'en reviens pas : le sorcier maléfique était caché sous la table !

Aussitôt, la Bête bondit sur Tom.

Elena tire une flèche qui transperce l'un de ses tentacules. Elle pousse un grognement. Pendant que Tom se relève, tu te précipites sur Marlik pour lui donner des coups d'épée. Mais il saute sur la table et atterrit tout près du chaudron.

Tout à coup, tu as une idée...

— Il faut qu'on le pousse dans le chaudron ! hurles-tu à tes amis.

Tom ramasse un pichet et le lance sur Marlik, mais l'objet lui effleure seulement l'épaule. Tu t'empares alors de l'assiette en argent et, les muscles tendus, tu la projettes dans les airs : elle frappe la poitrine de la Bête, qui trébuche et tombe dans le chaudron.

La créature pousse un rugissement de douleur tandis que son corps se met à fondre avant de se transformer en un liquide vert.

— Tu as réussi ! s'écrie Elena.

— Bravo, se moque Malvel. Maintenant, une autre épreuve t'attend...

Il tire le poignard magique de sa ceinture et en plante la pointe dans la table avant de te fixer droit dans les yeux.

— Si tu veux le récupérer, battons-nous en duel ! propose le sorcier.

⚔ Choisis ta destinée ⚔

Pour refuser de te battre contre Malvel, fonce au 31.

Pour accepter de te battre contre Malvel, va au 39.

Après avoir quitté le campement des rebelles, Tom et toi, vous montez sur vos chevaux et vous élancez au galop à la poursuite de Malvel, en direction de la Ville de l'Ouest.

Mais, un instant plus tard, vous entendez un rugissement féroce.

— Les rebelles sont attaqués ! t'exclames-tu.

Aussitôt, vous faites demi-tour. Au milieu des tentes, vous voyez une Bête gris argenté gigantesque. Ses quatre pattes semblent aussi solides que des troncs d'arbre. Elle a une corne au centre du front.

Tu as l'impression d'entendre la voix moqueuse de Malvel : « Prenez garde à Klaxa, le rhinocéros géant… »

Dans le campement, Klaxa piétine tout sur son passage. Puis le monstre se tourne vers un rebelle et le transperce de sa corne, d'où coule un liquide violet…

— Du poison ! comprends-tu.

Tu descends d'Éclair et te précipites vers la créature, qui te repousse d'un coup de tête. Tu lâches ton épée.

— Tu peux me prêter ton arme ? demandes-tu à un rebelle, qui te tend immédiatement une hache.

Lorsque Klaxa revient à la charge, tu fais tournoyer ta hache en visant la corne de la Bête. Celle-ci bondit sur le côté et ta lame s'enfonce dans son épaule. La créature pousse un hurlement de douleur et se dresse sur ses pattes arrière.

Tu grimpes aussitôt sur son flanc, sans lâcher ton arme, et tu te hisses sur son dos.

— Tiens bon ! t'encourage Tom.

Klaxa rugit et secoue la tête pour essayer de te faire basculer, en vain. Tu te rapproches de sa corne en t'agrippant à sa carapace.

Clac !

Tu as réussi à la trancher d'un coup de hache.

La Bête tombe à genoux. Tu en profites pour sauter à terre. Klaxa se transforme alors en écume bouillonnante. Au bout de quelques secondes, il ne reste plus qu'une flaque noire sur le sol.

Vous avez vaincu Klaxa ! Mais il n'y a pas de temps à perdre : vous repartez tout de suite en direction de la Ville de l'Ouest.

Quand vous arrivez, vous constatez que les portes sont fermées. Comment allez-vous entrer ? En utilisant comme bélier un arbre sur le point de tomber ou bien la catapulte qui se trouve près des murailles ?

⚔ Choisis ta destinée ⚔

**Pour utiliser le bélier,
rends-toi au 19.**

**Pour plutôt utiliser la catapulte,
va au 26.**

L'homme se dirige vers le campement des rebelles, le visage toujours camouflé par son capuchon.

— Attends ! l'appelles-tu.

Il s'arrête. Tom et toi, vous vous élancez vers lui.

— On est ici pour aider les rebelles à récupérer leur dague, expliques-tu.

L'inconnu enlève lentement son capuchon. Vous le reconnaissez aussitôt…

— Malvel ! t'écries-tu.

Tom et toi, vous dégainez votre épée, mais le sorcier tire de sa ceinture une arme dont la lame scintille.

— Le poignard du destin ! t'exclames-tu.

Votre ennemi a un sourire cruel.

— Voilà ce qui arrive quand on se mêle des affaires des autres, se moque-t-il. Tu cherchais le poignard magique ? Tu l'as trouvé !

Il se jette sur toi en dirigeant la pointe de la lame vers ton cœur…

Ta quête a échoué.
Malvel va s'emparer
de Gorgonia…

QUE SE SERAIT-IL PASSÉ SI TU AVAIS
FAIT D'AUTRES CHOIX ?
POUR TENTER DE NOUVEAU TA CHANCE
ET ESSAYER DE SAUVER LE ROYAUME,
RECOMMENCE L'AVENTURE !

Tom et toi, vous suivez les empreintes de sabots à travers les marécages. C'est difficile : les pattes de ton cheval s'enfoncent dans la vase et une brume jaune vous enveloppe et vous pique les yeux.

Toutefois, à l'horizon, tu parviens à repérer une masse obscure.

— On dirait une forêt, constates-tu.

Tandis que vous vous rapprochez, tu aperçois des arbres couverts d'épines et un énorme rocher gris.

Tom met pied à terre et scrute le sol.

— Les empreintes s'arrêtent près d'ici, remarque-t-il.

Tu te retournes pour observer attentivement la forêt.

— Je ne vois pas la Bête. Elle a disparu !

Inquiet, Tom grimpe sur le gros rocher et tu vas t'asseoir à côté de lui.

— Qu'est-ce qu'on va faire, maintenant ? demandes-tu.

Soudain, Éclair hennit nerveusement et s'écarte du rocher : il s'est mis à vibrer ! Il s'agit d'une créature vivante ! Elle se soulève et vous projette dans les airs.

Tu atterris près des arbres et lâches ton épée. Tu sens ton estomac se nouer en voyant la Bête gigantesque : ses flancs sont

recouverts d'une épaisse carapace qui forme une armure, et elle a une corne au centre du front, le long de laquelle coule un liquide violet. Du poison, certainement !

Ses yeux brillent de rage.

Tu as l'impression d'entendre la voix moqueuse de Malvel chuchoter à ton oreille : « Voici Klaxa, le rhinocéros géant... »

— C'est l'une des Bêtes créées par Malvel, déclare Tom d'un air sombre.

Klaxa pousse un puissant rugissement qui fait trembler les arbres de la forêt. Puis il baisse la tête et charge dans votre direction.

Il faut que tu trouves une solution, et vite ! Est-ce que tu dois t'accrocher à une branche au-dessus de toi pour éviter la Bête ? Ou vas-tu te précipiter vers ton épée pour tenter de la ramasser ?

⟿ Choisis ta destinée ⟾

Pour essayer de ramasser ton épée, fonce au 8.

Pour attraper la branche, va au 48.

— Non, réponds-tu à la vieille femme. Comment savoir si on peut vous faire confiance ?

Le visage de la voyante se remplit de tristesse. Elle lâche sa boule de cristal, qui va rouler sur les dalles.

— Mon don pour prédire l'avenir doit s'affaiblir, soupire-t-elle en se laissant tomber au sol. Je croyais que vous pouviez sauver Gorgonia, mais si vous ne me croyez pas...

Tu t'agenouilles alors près d'elle et lui prends la main.

— Bien sûr que si ! On veut vaincre Malvel. S'il vous plaît, dites-nous comment faire.

Une lueur d'espoir s'allume dans les yeux de la vieille femme. Elle ramasse son globe et te montre l'image qui y apparaît. Tu distingues un campement ainsi que des hommes et des femmes.

— Ce sont les rebelles de Gorgonia, explique la voyante. Ils vous aideront.

Elle vous indique une trappe dans le sol de la cour. Tom et toi, vous la soulevez et vous vous engouffrez dans un passage secret qui vous conduit à l'extérieur du château. Là, vous retrouvez Tempête et Éclair qui partent au galop vers le campement des rebelles dès que vous les avez montés.

Après avoir caché vos chevaux derrière des buissons, vous vous approchez des tentes.

Soudain, quelqu'un t'attrape fermement les bras avant de te frapper à la tête. Tu perds connaissance…

Quand tu rouvres les yeux, tu es allongé dans une tente, pieds et poings liés. Tom, ligoté lui aussi, est couché à ton côté.

— Comment on va sortir d'ici ? demande ton ami.

Ton épée et ton bouclier ont disparu. Tu regardes autour de toi, à la recherche d'un objet tranchant pour couper tes liens. Tu vois un flacon rempli d'eau : tu pourrais le briser et te servir des éclats de verre. Mais en as-tu le temps ? Ne devrais-tu pas plutôt essayer de sortir de la tente en rampant ?

Choisis ta destinée

Si tu décides de briser le flacon, rends-toi au 11.

Si tu préfères sortir de la tente en rampant, va au 53.

Tom et toi, vous vous cachez très vite derrière des buissons pour surveiller le campement des rebelles. Certains, assis devant des feux, sont en train de préparer à manger pendant que d'autres aiguisent leurs épées ou coupent des branches pour fabriquer des flèches.

— Ils ont l'air épuisés, chuchote Tom.

— Et il y a de nombreux blessés, ajoutes-tu en désignant un homme avec un bandage autour du bras. Ils ont peut-être déjà combattu Malvel et ses Bêtes.

Tout à coup, un cri résonne dans le campement.

— Ils se font attaquer ! t'exclames-tu.

Ni une ni deux, Tom et toi, vous montez en selle et galopez entre les tentes. Soudain, tu aperçois Marlik, le monstre des eaux. Ton poing se resserre sur le pommeau de ton épée. La Bête jette un rebelle dans un feu. Puis le bras de Marlik se transforme en un puissant jet d'eau et se dirige vers une jeune fille.

— Laisse-la tranquille ! hurles-tu.

Tu arraches le poteau d'une des tentes et tu bondis sur le dos de la Bête : avec le morceau de bois, tu bloques son cou couvert de tentacules. La créature siffle de rage quand la jeune fille réussit à s'éloigner.

Tom s'empare d'un chaudron et l'abat sur le crâne de Marlik, qui s'écroule sur le sol.

— Merci, vous dit la jeune rebelle.

— Est-ce que Malvel est dans le campement lui aussi ? te renseignes-tu.

Elle secoue la tête.

— Non, il est parti à la Ville de l'Ouest... avec le poignard magique.

— Il faut y aller tout de suite, conseilles-tu à Tom.

Une fois arrivés devant la ville, vous voyez une porte dans la muraille. Vous cachez vos chevaux derrière un tas de pierres et vous entrez dans le passage : vous avancez dans un tunnel au bout duquel vous découvrez deux salles. La première est remplie d'armures, la seconde de trésors.

— Choisis ta destinée —

Pour entrer dans la salle aux armures, rendez-vous au 7.

Pour entrer dans la salle au trésor, rendez-vous au 33.

Tu te penches vers le trou.

— Attrape ma main ! ordonnes-tu au garçon. Je vais te sortir de là.

Le garçon obéit, mais il t'entraîne dans le trou !

— Lâche-le ! crie Tom.

Le garçon serre ta main encore plus fort. Tout à coup, sa peau devient verte et des tentacules jaillissent de son cou. Il est en train de se métamorphoser en Bête ! Tom essaie bien de frapper la créature avec son épée, mais elle repousse la lame. Son corps grandit et sa bouche se remplit de crocs.

Tu entends la voix moqueuse de Malvel planer au-dessus de toi : « Marlik, le monstre des eaux… »

La Bête gronde et son corps change de nouveau : ses jambes se transforment en eau qui remplit le trou. Tu vas te noyer !

Soudain, un bâton frappe le crâne de

Marlik, qui te relâche et s'effondre dans l'eau.

— Kerlo ! t'exclames-tu.

Le gardien des Portes t'aide à sortir du trou. Son œil unique brille.

— Tu croyais que je ne t'avais pas vu entrer à Gorgonia ? te demande-t-il, fâché. Puisque tu es notre seul espoir, prends ceci.

Il te donne une corne.

— C'est la corne de Kaloom, t'explique-t-il. Souffle dedans la prochaine fois que tu auras besoin t'aide !

Puis il tend son bâton vers l'horizon.

— Le poignard est dans cette direction, ajoute-t-il.

Il faut faire vite : Marlik commence déjà à bouger et ses tentacules se tordent dans tous le sens.

— Partez avant que la Bête ne se réveille ! ordonne Kerlo.

Tom et toi, vous traversez la plaine au galop jusqu'à un château en ruine.

— Le poignard magique est sûrement ici, dis-tu à ton compagnon.

Entrer dans le château ne va pas être simple : il est entouré de douves. Le vieux pont-levis est abaissé, et plusieurs rochers sortent de l'eau. Comment vas-tu franchir les douves ?

✦ Choisis ta destinée ✦

**Pour passer par le pont-levis,
rendez-vous au 45.**

**Si tu préfères sauter sur les rochers
pour traverser les douves,
va au 52.**

— **A**llez ! cries-tu.

Tom, un groupe de rebelles et toi, vous poussez l'arbre de toutes vos forces : ça marche : il tombe dans un craquement !

Vous soulevez le tronc et tu ordonnes à tes compagnons de s'en servir comme d'un bélier pour forcer les portes de la ville.

Bang ! Le choc fait trembler tes bras et les portes s'ouvrent avec fracas. Tu montes sur ton cheval et vous entrez dans la ville !

Autour de vous, tout est détruit. Les maisons sont noircies par le feu. Le seul bâtiment encore intact est une tour. Tu distingues le visage de Malvel derrière la plus haute fenêtre. Il a un sourire cruel aux lèvres.

Au même moment, Skor, le cheval ailé, plonge vers vous en poussant un grognement terrifiant et frappe les rebelles de ses puissants sabots.

— Il faut aller combattre Malvel ! lances-tu à Tom.

Tu te précipites pour ouvrir la porte de la tour.

— Attends ! s'exclame ton ami. On devrait demander aux rebelles de nous accompagner. Comme ça, ils seront en sécurité. Skor est trop grand pour passer par cette ouverture.

Tu as envie de protéger les rebelles. Mais est-ce qu'il ne vaut pas mieux que, Tom et toi, vous montiez seuls dans la tour pour surprendre Malvel ?

━━━━ ✦ *Choisis ta destinée* ✦ ━━━━

Pour monter dans la tour sans les rebelles, rendez-vous au 46.

Pour monter dans la tour avec eux, rendez-vous au 35.

Tu n'as pas le temps d'atteindre la porte : le corps de Kaymon grossit et se divise en trois chiens !

L'un d'eux bondit sur Tom pendant que les deux autres t'encerclent. Tu réussis à en frapper un à la tête avec le pommeau de ton épée, mais le deuxième te saute dessus, toutes griffes dehors. Tu t'écartes de justesse et la Bête s'écrase contre le mur du château.

Essoufflé, tu trébuches sur un anneau qui dépasse d'une dalle, au centre de la cour : c'est une trappe !

— Passons par ici ! lances-tu à Tom, qui est en train de se battre contre le troisième chien.

Tu soulèves la trappe. Tom donne un coup de bouclier sur le museau de la Bête qui recule, et vous en profitez pour entrer dans le passage. Vous courez le long d'un tunnel, puis grimpez par une autre trappe. Avec soulagement, tu constates que vous êtes revenus à l'endroit où vous attendent Tempête et Éclair.

Vous montez en selle et galopez en direction d'une colonne de fumée.

— C'est le campement rebelle de Kaloom, déclare Tom. Ils vont peut-être nous aider dans notre quête.

Vous dissimulez vos chevaux derrière des buissons et vous entrez dans le campement. Les rebelles ont les yeux dans le vague, comme s'ils étaient sous l'effet d'un sortilège.

Toutes les tentes sont déchirées, sauf une. C'est sûrement celle de leur chef.

À l'intérieur, tu découvres une silhouette dont le visage est caché sous un capuchon. Assis sur un fauteuil de velours, l'individu compte des tas de pièces d'or.

— On a besoin d'aide, annonces-tu.

L'inconnu se retourne... C'est Malvel !

Est-ce que tu devrais faire semblant d'être de son côté ? Ou bien vaut-il mieux te servir de la corne de Kaloom ?

— + Choisis ta destinée + —

Pour faire semblant d'être du côté de Malvel, va au 24.

Si tu décides d'utiliser la corne de Kaloom, rends-toi au 49.

Tom et toi, vous montez sur Tempête et Éclair pour vous diriger vers la Ville de l'Ouest. Les rebelles, grimpés sur leurs propres chevaux, vous suivent. Vous devez traverser la Forêt Impénétrable.

La mousse recouvre les arbres, comme si c'était des toiles d'araignée.

Lorsque vous pénétrez dans une clairière sinistre, Éclair pousse un hennissement inquiet.

— Écoute ! te dit Tom.

Tu entends un bruit dans les buissons, suivi d'un glapissement.

— Que se passe-t-il ? demande l'un des rebelles, terrifié.

Un troupeau de sangliers sauvages, aux yeux rouges et aux défenses acérées, entre brusquement dans la clairière.

— Fuyons ! hurles-tu.

Vous partez au galop entre les arbres.

Les sangliers essaient de viser vos jambes avec leurs défenses.

Au bout d'un moment, tu finis par voir la lumière du jour et tu encourages Éclair à aller encore plus vite.

Dès que vous êtes sortis de la forêt, les sangliers font demi-tour.

La Ville de l'Ouest s'étend devant vous. Elle est entourée de murailles et ses grilles sont fermées. Dans l'un des murs, tu remarques une petite porte qui mène à un passage souterrain.

— On ne peut pas emmener les rebelles dans ce tunnel, ils se perdraient ! déclare Tom. Utilisons plutôt cette énorme catapulte pour passer au-dessus des murailles.

Choisis ta destinée

Pour écouter Tom et passer au-dessus des murailles avec ton ami et les rebelles, rendez-vous au 26.

Pour entrer seul dans le tunnel et laisser Tom utiliser la catapulte avec les rebelles, rendez-vous au 27.

Tom et toi, vous laissez Tempête et Éclair à côté des douves et vous entrez dans l'eau vaseuse. De nombreux insectes bourdonnent à la surface.

— Beurk ! Ça sent vraiment mauvais ! remarques-tu en agitant la main devant ton nez.

Vous continuez malgré tout à avancer. Quand l'eau devient trop profonde, vous commencez à nager en direction du château en ruine.

Tout à coup, une algue s'accroche à ta cheville. Quand tu secoues ton pied pour t'en débarrasser, elle s'enroule autour de ton bras ! Bientôt, tu en sens une autre autour de ton cou : elle essaie de t'entraîner vers le fond ! Près de toi, Tom se débat lui aussi contre les algues.

— Elles veulent nous noyer ! t'écries-tu.

Tu arraches sèchement la plante autour

de ton bras et, après avoir dégainé ton épée, tu tranches les algues restantes, qui reculent en sifflant. Enfin, Tom et toi, vous réussissez à atteindre l'autre rive.

— Ouf ! t'exclames-tu, soulagé. J'ai cru que…

Tu ne peux pas terminer ta phrase : Tom plaque sa main sur ta bouche.

Tu te figes. Dans la cour du château, une Bête marche de long en large : il s'agit d'un énorme chien. De la bave coule de ses crocs.

— C'est Kaymon, le chien des Ténèbres, chuchote ton ami.

Vous vous cachez derrière un pilier. Kaymon lève le museau et hume l'air. Est-ce qu'il a senti votre odeur ?

Tu vois une porte, un peu plus loin. Vas-tu passer par là pour essayer de trouver le poignard ? Ou bien préfères-tu rester dans la cour et engager le combat contre la Bête ?

=== *Choisis ta destinée* ===

Pour attaquer Kaymon, rendez-vous au 3.

Pour t'élancer vers la porte, fonce au 20.

Dans la Forêt Impénétrable, tu entends des craquements et des gémissements. Tu conduis les rebelles jusqu'à une clairière sinistre, en essayant de rassurer les chevaux. Vous passez devant des buissons couverts d'épines et des tas de feuilles pourries. Ton cœur bat à tout rompre.

— J'ai l'impression que les arbres nous observent, murmures-tu à Tom.

À ce moment-là, un corbeau croasse au-dessus de vous. Du coin de l'œil, tu aperçois un mouvement. Tu te retournes, mais tu ne vois rien, à part un vieil arbre noueux aux longues racines.

Soudain, une des racines se soulève et s'enroule autour de Tempête. Avec un hennissement terrifié, le cheval se dresse sur ses pattes arrière. Tom bascule et tombe à terre.

Tu sautes de ta monture et, à l'aide de ton épée, tu coupes les racines pour libérer

Tempête. D'autres racines se mettent à fouetter l'air : elles s'emparent de Tom et l'entraînent vers le vieil arbre, comme pour l'enterrer !

— Prêtez-moi une hache ! cries-tu aux rebelles.

L'un des hommes te donne son arme. Aussitôt, tu frappes les racines, qui finissent par relâcher Tom.

— Merci, murmure ton compagnon, épuisé. Partons d'ici tout de suite !

Lorsque vous sortez de la Forêt Impénétrable, la Ville de l'Ouest s'étend devant vous, mais les portes en sont fermées. Tu regardes autour de toi : tu vois un arbre sur le point de tomber et une énorme catapulte. Tu pourrais peut-être te servir de l'arbre comme d'un bélier pour ouvrir les portes ? Ou préfères-tu utiliser la catapulte ?

Choisis ta destinée

**Pour utiliser le bélier,
rendez-vous au 19.**

**Pour utiliser la catapulte,
rendez-vous au 26.**

24

Tu t'agenouilles devant Malvel. Tom te regarde d'un air étonné. Tu lui attrapes la main et l'obliges à s'agenouiller près de toi.

— Tom et moi, on vient juste de réaliser à quel point tu étais puissant, déclares-tu au sorcier. On veut se battre pour ton camp, Malvel le Magnifique !

Le sorcier se frotte le menton.

— Malvel le Magnifique ? J'aime beaucoup ce surnom… C'est d'accord ! Je vous autorise à m'accompagner jusqu'à la Ville de l'Ouest.

Lorsqu'il sort de la tente, tu aperçois quelque chose briller à sa ceinture : le poignard du destin, dont le pommeau est orné d'un crâne.

Vous le suivez à l'extérieur.

— Si on fait semblant d'être de son côté, on aura plus de chances de récupérer le poignard magique, chuchotes-tu à Tom.

Dehors, les rebelles vous regardent, les yeux dans le vague, comme s'ils étaient en transe. Quand Malvel passe devant eux, ils le saluent. Tu comprends alors qu'il les a ensorcelés ! « Et si la même chose nous arrivait ? » te demandes-tu avec inquiétude.

Brusquement, Malvel lève son bâton et des tourbillons de fumée bleue s'enroulent autour de Tom et toi. Soudain, tu t'aperçois que vous flottez au-dessus du campement. Éclair et Tempête apparaissent eux aussi auprès de vous.

— Est-ce que les rebelles nous accompagnent, Maître ? interroges-tu.

— Non, répond le sorcier. Mon plan marchera très bien avec vous deux.

Que veut-il dire par là ? La peur te noue le ventre.

Quand la fumée bleue se dissipe, vous vous retrouvez dans un tunnel, sous la Ville de l'Ouest. Des torches allumées sont accrochées aux murs et l'endroit est rempli de cercueils.

— Suivez-moi ! ordonne Malvel en avançant dans le souterrain.

Dois-tu lui obéir ou préfères-tu te cacher ?

Choisis ta destinée

Pour te cacher,
rends-toi au 38.

Pour suivre Malvel,
va au 42.

25

La nuit est tombée. Les flammes des bougies dansent entre les tentes des rebelles et l'air résonne de musique et de rires.

Tom et toi, vous êtes assis près d'Odora et de Kerlo : vous êtes les invités d'honneur de la fête. Odora a tellement dansé qu'elles a les joues rouges ! Même le gardien des Portes marque le rythme de la musique en tapant son bâton sur le sol.

Au bout d'un moment, il se lève.

— Je dois maintenant retourner aux Portes d'Avantia et de Gorgonia. Amusez-vous bien, jeunes héros ! Venez me voir quand vous serez prêts à rentrer chez vous.

Odora regarde le poignard magique, accroché à sa ceinture.

— J'ai encore du mal à croire qu'on l'a enfin récupéré ! s'exclame-t-elle. Que voulez-vous en échange de votre aide ?

— Rien du tout, répond Tom.

Tu acquiesces.

— Tant qu'on sera en vie, on sera toujours prêts à combattre Malvel !

Bravo, grâce à toi, le Royaume de Gorgonia est sauvé !

MAIS QUE SE SERAIT-IL PASSÉ
SI TU AVAIS FAIT D'AUTRES CHOIX ?
POUR LE DÉCOUVRIR,
RECOMMENCE L'AVENTURE !

La catapulte est presque aussi haute que les murailles de la ville. Tom, les rebelles et toi, vous la faites rouler devant les portes.

Skor, le cheval ailé, vole au-dessus de la tour la plus élevée. Ses ailes immenses battent si fort que de la poussière se soulève du sol. Il rejette la tête en arrière et pousse un hennissement terrifiant.

— Malvel doit sûrement se trouver ici, comprends-tu.

Tout à coup, tu entends une voix s'élever parmi la foule des rebelles :

— Cela prendra trop de temps si tout le monde franchit les murs avec la catapulte. Le sorcier maléfique est de plus en plus puissant, il faut faire vite !

L'homme qui vient de parler se rapproche de toi : c'est Kerlo, le gardien des Portes !

— Tom et toi, vous devriez l'utiliser, te conseille-t-il en te montrant la catapulte. De mon côté, je peux conduire les rebelles à un tunnel qui mène dans la cité. Laissez-moi vos chevaux !

— Merci, Kerlo ! lances-tu en lui donnant une tape amicale sur l'épaule.

Tom et toi, vous grimpez donc sur le bras de la catapulte, qui a la forme d'une grosse cuillère. Kerlo pousse le levier de bois et la catapulte vous propulse au-dessus des murailles !

Vous atterrissez sur un tas d'ordures.

— On doit sentir si mauvais que même Malvel aura peur de nous ! plaisante Tom.

Vous vous précipitez vers la tour dont une porte est ouverte. Vous montez à toute vitesse un escalier en colimaçon. Il est percé de fenêtres étroites, par lesquelles tu aperçois Skor.

Tout en haut des marches, vous arrivez devant une porte, recouverte de clous. Pendant que Tom tire le loquet pour l'ouvrir, tu repères un objet sur le rebord d'une fenêtre, un peu plus bas dans l'escalier :

c'est une minuscule bouteille remplie d'un
liquide violet.

— Je suis sûr qu'elle vient d'apparaître,
dis-tu à ton ami. Je vais descendre la récupérer.

Mais Tom secoue la tête.

— As-tu oublié ce que Kerlo nous a dit ?
On n'a pas de temps à perdre…

— ✦ *Choisis ta destinée* ✦ —

**Pour écouter Tom et ignorer
la bouteille, va au 46.**

**Pour aller quand même chercher
la bouteille, fonce au 56.**

Tout seul, tu te dépêches d'avancer dans le tunnel sinueux, au bout duquel tu découvres une pièce.

En entrant, tu aperçois une pile d'ossements dans un coin. Soudain, une terrible Bête en émerge : elle a le corps d'un homme, mais sa peau est couverte d'écailles vertes. La créature prend un os et mord dedans.

— Marlik, le monstre des eaux, est ici pour t'aider dans la dernière étape de ta quête ! ricane une voix.

Tu te retournes et tu vois Malvel qui lance un filet sur toi avant de te traîner sur le sol.

— Occupe-toi de lui ! ordonne le sorcier maléfique à la Bête en lui tendant un objet.

Le poignard magique !

FIN

Ta quête a échoué. Malvel va s'emparer de Gorgonia…

QUE SE SERAIT-IL PASSÉ SI TU AVAIS
FAIT D'AUTRES CHOIX ?
POUR TENTER DE NOUVEAU TA CHANCE
ET ESSAYER DE SAUVER LE ROYAUME,
RECOMMENCE L'AVENTURE !

Le bras de Marlik se met à trembler et sa peau devient transparente avant de se changer en une colonne d'eau tourbillonnante. La Bête frappe Tom à la gorge pour essayer de le noyer ! Ton ami pousse un cri de terreur.

« Je ne vais pas réussir à le sauver… », penses-tu.

Trop effrayé, tu pars en courant vers le château en ruine, mais tu vas si vite que tes pieds n'arrêtent pas de glisser.

Soudain, une main palmée se referme autour de ton cou. Marlik !

La Bête te jette au sol. En poussant un grognement, elle lève son bras composé d'eau au-dessus de toi.

Tu n'as aucun moyen de t'échapper…

FIN

Ta quête a échoué. Malvel va s'emparer de Gorgonia...

QUE SE SERAIT-IL PASSÉ SI TU AVAIS
FAIT D'AUTRES CHOIX ?
POUR TENTER DE NOUVEAU TA CHANCE
ET ESSAYER DE SAUVER LE ROYAUME,
RECOMMENCE L'AVENTURE !

Nerveux, tu t'approches de Kerlo.

Il se retourne et te fixe de son œil unique.

— Il était temps que tu arrives ! commence-t-il avant de bondir sur ses pieds.

Il vient de voir Odora, couchée sur le dos de Tempête. Il pose la main sur le front de la jeune fille.

— Elle est très malade, murmure le gardien des Portes. C'est à cause de Malvel !

Kerlo te raconte que le sorcier maléfique a volé le poignard du destin, une arme magique fabriquée par les rebelles pour protéger le royaume. Grâce à elle, Malvel va prendre le pouvoir à Gorgonia.

— Il a créé deux nouvelles Bêtes pour empêcher les rebelles de récupérer le poignard, continue Kerlo. Une de ces créatures a dû empoisonner votre amie.

— Comment pouvons-nous aider Odora ? demande Tom.

— Seule la magie peut la guérir, maintenant ! soupire le gardien des Portes. Vous devez l'emmener à Avantia ! Le bon sorcier Aduro s'occupera d'elle.

— J'y vais avec Silver ! déclare Elena.

Avant que Tom et toi ayez le temps de protester, Elena prend Odora dans ses bras. Kerlo lui dit qu'il va lui faire de nouveau franchir les portes.

Il passe la main sous sa cape et en sort une corne en os.

— C'est la corne de Kaloom, t'explique-t-il en te la donnant. Si tu as besoin d'aide, souffle dedans. Bon courage, jeunes guerriers ! Je vous souhaite de réussir dans votre quête pour arrêter Malvel !

Tom et toi, vous dites au revoir à vos amis et vous descendez la pente rocheuse en tenant Tempête et Éclair par la bride. En bas, vous découvrez des marécages qui dégagent une odeur horrible, sur lesquels plane une brume jaune.

— Regarde ! s'exclame tout à coup Tom en te montrant des empreintes de pas dans la vase qui partent dans deux directions différentes.

Certaines sont des traces de sabots. D'autres proviennent de pieds palmés. Tu te demandes si les Bêtes de Malvel sont passées par ici…

— Lesquelles va-t-on suivre ? interroge Tom.

Choisis ta destinée

Pour suivre les empreintes de pieds palmés, va au 47.

Pour suivre les empreintes de sabots, rends-toi au 15.

— Non, chuchote Tom. Il ne porte pas de talisman. On ne sait pas si on peut lui faire confiance.

L'homme se retourne et tu sens un frisson parcourir ton dos. Tu reconnaîtrais ce visage n'importe où : c'est Malvel !

Le sorcier maléfique lève les bras vers le ciel et tu aperçois un éclat de métal à sa ceinture : le poignard du destin !

— Skor ! appelle Malvel.

Depuis ta cachette, tu vois un immense cheval ailé descendre vers le campement. Avec un hennissement terrifiant, il donne des coups de sabot aux rebelles qui s'enfuient de tous les côtés, avant d'atterrir près du sorcier. Celui-ci saute sur son dos.

— À la Ville de l'Ouest ! ordonne Malvel.

Skor s'envole.

— Il faut les suivre, conseilles-tu à Tom.
Peut-être que vous devriez demander
aux rebelles de venir avec vous ?

✦ Choisis ta destinée ✦

**Pour partir sans les rebelles,
rendez-vous au 13.**

**Pour emmener les rebelles
avec vous, va au 21.**

Tu secoues la tête.

— Je refuse de me battre contre toi, Malvel ! déclares-tu.

Une lueur de colère apparaît dans les yeux du sorcier.

— Tu n'es qu'un lâche ! te répond-il.

Il lève son bâton et des étincelles en jaillissent : il envoie un éclair magique dans ta direction.

— Fuyons ! hurle Tom.

Tom, Elena et toi, vous vous précipitez vers la trappe. L'éclair frappe le plancher en vous manquant de peu. L'attaque y laisse un trou fumant.

Tom et Elena descendent l'échelle à toute allure.

Alors que tu es sur le point de les suivre, Malvel dégaine le poignard magique. Il le lance dans ta direction : la lame transperce ton gilet et te cloue au sol !

Tu essaies de te dégager mais la panique s'empare de toi.

« Je suis pris au piège », penses-tu.

Malvel s'approche et s'agenouille près de toi. Il reprend la dague et la brandit au-dessus de ta gorge…

FIN

Ta quête a échoué. Malvel va s'emparer de Gorgonia…

QUE SE SERAIT-IL PASSÉ SI TU AVAIS FAIT D'AUTRES CHOIX ? POUR TENTER DE NOUVEAU TA CHANCE ET ESSAYER DE SAUVER LE ROYAUME, RECOMMENCE L'AVENTURE !

— Je ne fais pas confiance à ce garçon, chuchotes-tu à Tom. Laissons-le ici et cherchons nous-mêmes le chemin qui mène au château.

Tom acquiesce. Mais tandis que vous vous éloignez, le garçon pousse un terrible rugissement. Il bondit hors du trou et son corps se met à se tordre dans tous les sens : il se transforme en Bête !

La créature atterrit près de vous. Sa peau est couverte d'écailles vertes. Ses mains et ses pieds sont palmés et des tentacules sortent de son cou. Quand il rugit de nouveau, vous voyez une rangée de dents pointues dans sa gueule.

À ce moment-là, tu entends la voix de Malvel résonner dans ta tête : « Regarde ma Bête, Marlik, le monstre des eaux ! »

Marlik saute vers toi et tu tombes à terre. Ses mains s'enroulent autour de ta gorge, mais tu réussis à le repousser avec un pied.

Tu attrapes les tentacules de la Bête, tires sa tête en avant et la cognes sur le sol. Marlik pousse un sifflement furieux et ferme les yeux.

— Il est assommé... pour l'instant, annonce Tom. Partons vite !

Tu remarques quelque chose près de la Bête : il s'agit d'une corne, sur laquelle est gravé le mot « Kaloom ». Tu la montres à Tom.

— Kaloom est l'endroit où se trouve le campement des rebelles, explique ton ami. Marlik a dû leur voler cet objet.

Tu glisses la corne de Kaloom dans ta ceinture, puis Tom et toi, vous galopez vers le château en ruine. Il est entouré de douves remplies d'eau verdâtre. Près de la rive, il y a un arbre aux branches pourries. Tom et toi, vous pouvez peut-être y grimper pour sauter par-dessus les douves ? À moins qu'il ne soit plus prudent de les traverser à la nage...

—✦— *Choisis ta destinée* —✦—

Pour traverser les douves à la nage, va au 22.

Pour grimper dans l'arbre, rendez-vous au 41.

Tom et toi, vous entrez dans la salle au trésor. Elle est remplie de coffres qui débordent de pièces de monnaie, de pierres précieuses, d'assiettes en argent et de statues en or.

— Malvel a dû voler tous ces objets aux habitants de Gorgonia, devines-tu.

Soudain, quelques pièces tombent sur le sol.

En réaction, tu dégaines ton épée.

— Qui est là ? appelles-tu.

Un visage familier apparaît derrière un coffre. Elena !

Tom et toi, vous vous précipitez vers votre amie pour la serrer dans vos bras.

— Tu as franchi le portail entre Avantia et Gorgonia pour arriver ici ? demande Tom.

— Non, répond la jeune fille. J'ai conduit Odora au palais et Aduro s'est servi de sa magie pour me renvoyer ici. J'ai fouillé cette pièce, mais je n'ai pas trouvé le poignard. Malvel a dû l'emporter dans un autre endroit de la ville. Allons-y !

Tom et toi, vous suivez Elena qui sort de la salle au trésor et vous conduit dans un autre tunnel. Sur le chemin, vous entendez un bruit étrange.

— Allons voir d'où ça vient, proposes-tu.

Elena n'est pas d'accord.

— On n'a pas le temps : on doit poursuivre notre quête !

— Choisis ta destinée —

Pour suivre le conseil d'Elena,
rendez-vous au 12.

Pour aller tout seul voir d'où vient
le bruit, rendez-vous au 27.

— On devrait obéir à ce garçon, suggère Tom.

Tu hoches tristement la tête. Votre quête est plus importante que les liens qui vous unissent à Tempête et à Éclair.

— Au revoir, murmures-tu à ton cheval en le caressant.

Tu le guides vers le garçon, pendant que Tom chuchote quelques mots d'adieu à l'oreille de Tempête.

Dès que le mystérieux garçon attrape les brides des deux montures, ses yeux se mettent à briller d'une lueur diabolique. Il rejette la tête en arrière avant d'éclater d'un rire horrible. Tu frissonnes de peur et les chevaux poussent des hennissements de terreur. Le garçon les repousse brutalement et ils s'éloignent au galop dans la brume jaune.

— Ne revenez pas ! leur ordonne le garçon.

Soudain, son corps se met à gonfler, sa peau se recouvre d'écailles vertes, des tentacules jaillissent de son cou et des dents pointues apparaissent dans sa bouche ! Un roulement de tonnerre retentit et la voix de Malvel résonne au-dessus de vous :

— Oserez-vous affronter Marlik, le monstre des eaux ?

— C'était une Bête ! t'écries-tu.

Tu serres les poings, furieux d'avoir fait confiance à cette créature.

Marlik se jette sur vous. Tu bondis sur le côté, mais la Bête écrase ton ami et le plaque au sol. Le souffle coupé, Tom essaie de repousser les mains palmées de Marlik.

Tu dégaines ton épée avant de jeter un coup d'œil vers le château en ruine. Il n'est plus très loin. Tu pourrais en profiter pour aller chercher le poignard magique pendant que Marlik a le dos tourné...

Choisis ta destinée

Pour courir vers le château,
rendez-vous au 28.

Pour au contraire essayer de sauver
Tom, rendez-vous au 55.

Tom et toi, vous montez à toute allure l'escalier en colimaçon, suivis par les rebelles. Skor passe la tête par les étroites fenêtres, agrippe quelques hommes et les projette vers le sol.

Tu t'empares d'une des torches accrochées au mur. Quand le cheval ailé apparaît de nouveau derrière une fenêtre, tu lances la torche enflammée sur lui. Skor s'écrase alors sur la tour et se transforme en cendres.

— Tu as vaincu la Bête ! s'exclame Tom.

Ton ami et toi, vous arrivez en haut de la tour. Vous découvrez Malvel coincé sous des pierres.

Les rebelles se rassemblent autour de lui.

— On va s'occuper de lui, dit l'un d'eux.

Tu n'es pas d'accord.

— Il y a déjà eu trop de sang versé. Malvel, on te libérera si tu acceptes de nous rendre le poignard.

Le sorcier semble furieux. Pourtant, il te tend l'arme magique. Sur ton ordre, les rebelles soulèvent les pierres et Malvel disparaît dans un éclair de lumière bleue.

Votre quête est terminée !

Tom et toi, vous descendez de la tour. Soudain, l'air scintille et le portail de Trillion apparaît devant vous.

— Il est temps de rentrer à la maison, déclare ton ami avec un grand sourire.

Mais l'air scintille de nouveau et un autre

portail surgit : celui-ci a la forme d'une mâchoire de serpent. Lequel choisir ?

—✦— *Choisis ta destinée* —✦—

Pour franchir le portail de Trillion, rendez-vous au 10.

Si tu préfères franchir le portail du serpent, va au 44.

Tom et toi, vous laissez les chevaux sur la rive et vous montez dans la barque. Au fond, vous découvrez deux rames. Vous en prenez chacun une et vous commencez à avancer. Sous la surface de l'eau verdâtre, tu aperçois d'impressionnants poissons aux dents acérées.

— Regarde, s'exclame Tom en te montrant la cour du château.

Tu arrêtes immédiatement de ramer. Un gigantesque chien marche de long en large. La Bête a un corps musclé, le poil hérissé et des yeux qui lancent des éclairs.

— Je me suis déjà battu contre ce monstre, explique Tom. C'est Kaymon, le chien des Ténèbres.

— Passons par l'arrière du château, proposes-tu. Il ne nous verra peut-être pas...

Soudain, ton pied s'enfonce dans l'eau !

— Le bois de la barque est pourri ! cries-tu.

Quand le bateau commence à couler, les poissons vous encerclent. Vous devez nager vers la rive, il n'y a pas d'autre choix !

Vous plongez dans les douves. Un poisson te mord le bras, mais tu réussis à le repousser. Alors que vous approchez du château, la Bête vous repère. Elle remue la queue et laisse échapper un grondement.

Ton ami et toi, vous vous hissez dans la cour du château, trempés et couverts de vase. Sur le côté, tu remarques une porte ouverte : vas-tu essayer de passer par là ou bien préfères-tu rester pour combattre Kaymon ?

✦ Choisis ta destinée ✦

**Pour attaquer Kaymon,
fonce au 3.**

**Pour essayer de lui échapper,
rendez-vous au 20.**

— Tu as raison, réponds-tu à Tom. Si on utilise la corne de Kaloom, on risque d'alerter d'autres ennemis.

Tu baisses les yeux pour glisser la corne dans ta ceinture. Marlik profite de cet instant pour bondir sur toi et t'écrase de tout son poids.

— Non ! hurle Tom.

Les mains palmées de Marlik te retiennent par les épaules. Tu essaies de te débattre, mais la Bête est trop forte. Soudain, elle devient transparente et son corps se met à onduler : elle se transforme en eau !

Avec un rugissement qui ressemble au bruit des vagues s'écrasant sur le rivage, Marlik plonge un bras dans ta gorge. L'eau s'engouffre dans ton nez et tes poumons...

La voix moqueuse de Malvel résonne dans ta tête : « Prépare-toi à mourir... »

FIN

Ta quête a échoué. Malvel va s'emparer de Gorgonia...

QUE SE SERAIT-IL PASSÉ SI TU AVAIS
FAIT D'AUTRES CHOIX ?
POUR TENTER DE NOUVEAU TA CHANCE
ET ESSAYER DE SAUVER LE ROYAUME,
RECOMMENCE L'AVENTURE !

— Où va-t-on se cacher ? demande Tom.

Tu lui montres un des cercueils de pierre sur le côté du tunnel. Ton ami frissonne.

— On n'a pas d'autre choix, déclares-tu.

Vous ordonnez à vos chevaux de sortir du tunnel, puis Tom et toi, vous vous approchez du cercueil, qui t'arrive presque à hauteur des épaules. Tu t'empares des bords du couvercle et le fais glisser. Au fond tu découvres un tas d'ossements.

Tu prends ton courage à deux mains et tu te hisses à l'intérieur. Tom te suit et tu refermes le couvercle.

Dans l'obscurité, vous entendez un bruit de pas.

— C'est sûrement Malvel qui revient, chuchote ton ami.

Les pas s'arrêtent devant votre cachette. Tu retiens ton souffle.

Avec un grincement, le couvercle glisse vers l'arrière… Tu te relèves d'un bond en brandissant ton épée. Tu te retrouves face à une flèche pointée sur ta gorge !

— Elena ! s'écrie Tom.

La jeune fille baisse son arc avec un sourire soulagé.

— Je suis heureuse de vous avoir retrouvés, s'exclame-t-elle. Venez, la dague est de ce côté !

Votre amie s'élance dans le tunnel. Avant que tu puisses la suivre, Tom t'attrape par le bras.

— Comment est-ce qu'on peut savoir que c'est vraiment Elena ? murmure-t-il. Malvel a peut-être créé une vision pour nous piéger…

⊱ Choisis ta destinée ⊰

Si tu es certain que c'est Elena et que tu décides de la suivre, va au 12.

Si tu doutes de ton amie, fonce seul dans la direction opposée et rends-toi au 27.

— Très bien, Malvel, j'accepte de me battre contre toi, réponds-tu.

Tom secoue la tête.

— Et si c'était un piège ?

Sans tenir compte de l'inquiétude de ton ami, tu dégaines ton épée.

— Je vais bien m'amuser ! ricane Malvel en brandissant son bâton, le long duquel crépite une lumière bleue.

Un éclair magique en jaillit et se dirige droit sur toi.

Tu sautes sur la table et l'éclair transperce le chaudron, qui explose au milieu des flammes.

Le sorcier maléfique éclate de rire.

— C'était un échauffement, te prévient-il.

Il s'empare du poignard resté sur la table et en donne un coup contre ton épée. Puis il fait pivoter son bras et te force à lâcher ton arme avant de te plaquer contre le mur.

— Prépare-toi à mourir ! annonce Malvel.

Il lève le poignard magique une nouvelle fois, mais au dernier moment, tu fais un pas de côté. La lame s'enfonce dans le mur. Malvel pousse un grognement furieux. Tom en profite pour ramasser ton épée et te l'envoie. Du plat de ta lame, tu atteins le crâne du sorcier, qui s'écroule sur le sol.

À bout de souffle, tu t'empares du poignard.

— Tu as réussi ! s'exclame Tom en souriant.

— Bravo ! te félicite Elena.

Tous les trois, vous quittez la salle en courant et sortez dans les rues de la ville. À ce moment-là, l'air se met à scintiller et le

portail qui mène à Avantia surgit devant
vous. Aduro le franchit et s'approche de
vous, accompagné d'Odora.

Quand tu lui tends la dague, elle te sourit.

— Je vais la rendre aux rebelles, déclare-
t-elle. Grâce à toi, Gorgonia est désormais
à l'abri de Malvel.

— Il est temps de rentrer, dit Aduro,
dont les yeux pétillent.

Dans un nuage de fumée, il fait apparaître Tempête et Éclair. D'un signe de la
main, vous dites au revoir à Odora et vous
franchissez le portail.

— Suis ta destinée —

Rendez-vous au 10.

40

Tu grimpes la colline pour t'éloigner de Kerlo.

— Je ne crois pas qu'il puisse nous voir d'ici, souffles-tu en t'arrêtant près d'un tas de rochers.

Odora gémit et se redresse sur la selle de Tempête.

— Tu es réveillée ! s'écrie Elena en l'aidant à descendre du cheval.

Silver pousse un aboiement ravi.

Odora se frotte les yeux : elle n'en revient pas de vous voir, tes compagnons et toi.

— Je suis heureuse que vous soyez venus nous aider, dit-elle. Gorgonia est en danger.

Elle explique que Malvel a volé le poignard du destin aux rebelles.

— Il a été fabriqué dans un métal magique qui nous protège du Mal, ajoute la jeune fille. On doit le récupérer, sinon Malvel va s'emparer de Gorgonia !

Tom fronce les sourcils.

— Il faut avertir le roi Hugo et Aduro des plans de Malvel. Avantia est peut-être en danger aussi !

— Je vais m'en charger, répond Elena. Avec Odora, et Silver, bien entendu.

— Tu es sûre ? demandes-tu.

Elena acquiesce et te donne une tape sur l'épaule.

— Oui ! réplique-t-elle. Je suis certaine que Tom ne pourrait avoir de meilleur compagnon que toi dans cette quête.

Vous dites au revoir à Elena, Odora et Silver. Ils retournent vers le portail, pendant que, Tom et toi, vous vous remettez à gravir la colline.

Devant vous, vous apercevez un garçon petit et maigre qui bondit avec agilité d'un rocher à l'autre.

— Par ici ! appelle-t-il. Je vais vous guider !

Vous le suivez le long d'un sentier qui s'éloigne de la colline.

— Tu es un rebelle de Gorgonia ! s'exclame Tom avec enthousiasme, en désignant le talisman que le garçon porte autour du

cou. Est-ce que tu connais Odora ?

Le garçon réfléchit un instant avant de répondre :

— Oui, bien sûr.

Soudain, une brume jaune vous entoure. À l'horizon, vous apercevez un château en ruine.

— Malvel a emporté le poignard du destin là-bas, explique le garçon. Le chemin qui mène au château est particulièrement dangereux ! Je vous y conduirai si en échange vous me donnez vos chevaux pour aider les rebelles.

Tu jettes un coup d'œil à Tom. C'est l'occasion ou jamais de retrouver le poignard magique. Mais êtes-vous capables de vous séparer de Tempête et d'Éclair ?

— ✦ *Choisis ta destinée* ✦ —

Pour refuser de lui donner vos chevaux, va au 6.

Si tu acceptes de lui donner vos chevaux, rends-toi au 34.

Tempête et Éclair vous regardent avec inquiétude pendant que, Tom et toi, vous grimpez dans l'arbre. Ses branches noires ont perdu leurs feuilles et son écorce est couverte de graisse.

Tu avances sur une branche qui passe au-dessus des douves.

— On va pouvoir sauter de l'autre côté ! lances-tu à ton ami en montrant une fenêtre ouverte de la tour.

Tu rampes le long de la branche. Soudain, tes mains glissent et tu manques de tomber. Au dernier moment, tu réussis à t'agripper à la branche et tu restes suspendu au-dessus de l'eau.

— Tiens bon ! crie Tom en s'approchant de toi.

Il attrape ta main et t'aide à remonter.

Quand vous arrivez au bout de la

branche, tu te relèves prudemment et bondis vers la fenêtre : tu atterris dans une pièce sombre. Tu aperçois deux lumières qui brillent dans l'obscurité. Tom te rejoint aussitôt.

Lcs lueurs se déplacent et tu décides de les suivre quand elles descendent un escalier en colimaçon. Tout à coup, elles disparaissent et tu vois de nouveau le jour : tu te retrouves dans la cour du château. Là, tu te figes, horrifié.

Les lumières que tu as suivies sont en fait les yeux d'un gigantesque chien. Ses poils sont hérissés. La Bête piétine le sol, prête à sauter sur vous.

— C'est Kaymon, le chien des Ténèbres, murmure Tom, le visage pâle.

Dois-tu rester et attaquer la Bête ? Ou bien préfères-tu retourner dans la tour ?

— ✦ *Choisis ta destinée* ✦ —

Pour attaquer Kaymon, fonce au 3.

Pour retourner dans la tour, va au 20.

Tom et toi, vous allez suivre Malvel, mais ce serait trop dangereux pour vos chevaux. Gentiment, tu pousses Tempête et Éclair vers la sortie du tunnel.

— Attendez-nous dehors ! murmures-tu.

Le sorcier maléfique s'engage dans un long couloir bordé d'armures. Sa cape, qui flotte derrière lui, se reflète dans le métal étincelant des plastrons et des casques.

Tout à coup, tu aperçois quelqu'un qui se faufile dans l'ombre, entre les armures.

Tu donnes un léger coup de coude à Tom.

— Un des espions de Malvel doit nous surveiller, chuchotes-tu à ton ami.

Contre toute attente, la silhouette vous fait signe.

— C'est moi ! souffle-t-elle.

Elena !

Malvel tourne dans un autre couloir et vous continuez à le suivre, pendant qu'Elena vous accompagne en rasant le mur.

— Comment es-tu arrivée jusqu'ici, demandes-tu à voix basse.

— Grâce à la magie d'Aduro, explique la jeune fille.

Tu entraînes Tom à l'écart.

— Pourquoi Elena est-elle ici ? l'interroges-tu. Tu ne trouves pas ça un peu bizarre ?

Tom observe son amie avec étonnement.

— Tu crois qu'elle a été ensorcelée par Malvel ? murmure-t-il.

Elena vous fait signe d'approcher à nouveau.

— Malvel vous a tendu un piège, déclare-t-elle. Venez plutôt avec moi !

Et la jeune fille se précipite dans une pièce.

Tom et toi, vous échangez un regard. Est-ce que vous devez suivre Elena ?

━+━ Choisis ta destinée ━+━

Pour suivre Elena, rends-toi au 12.

Pour continuer tout seul de suivre Malvel, va au 27.

— On cherche le poignard du destin, expliques-tu à la vieille femme. Vous pouvez nous aider à le trouver ?

La colère assombrit son visage ridé.

— Si vous refusez de suivre mes conseils, je ne peux rien faire pour vous.

Et elle s'éloigne en boitant dans les ruines du château.

— On aurait dû l'écouter ! soupire Tom.

À ce moment-là, tu aperçois quelque chose sur le sol.

— Sa boule de cristal ! t'exclames-tu. Elle l'a oubliée.

Une image se forme dedans.

— Regarde, dit Tom. Des rangées de tentes. Ce doit être le campement de Kaloom. Le poignard magique est peut-être là-bas !

Tu remarques un anneau de fer planté dans une dalle. Tu tires dessus et la dalle se

soulève. C'est une trappe ! Tom et toi, vous descendez dans un tunnel étroit et ressortez de l'autre côté des douves, où vous attendent Tempête et Éclair.

Vous montez donc en selle et galopez jusqu'au campement des rebelles, où vous vous cachez derrière des arbres. Tes doigts se referment sur la corne de Kaloom accrochée à ta ceinture.

— Et si on utilisait la corne ? proposes-tu. Si on appelle les rebelles, ils nous aideront peut-être dans notre quête…

Tom a l'air pensif.

— On ne sait pas si Malvel est ici, répond-il. On devrait d'abord observer discrètement le campement.

⚔ *Choisis ta destinée* ⚔

Pour souffler dans la corne de Kaloom, rendez-vous au 5.

Pour surveiller le campement des rebelles, va au 17.

Tom, Tempête, Éclair et toi, vous franchissez le portail. Ton pied se coince entre deux dents du serpent de pierre, mais tu souris. « Dans quelques instants, on sera de retour chez nous… », penses-tu.

Brusquement, tu sens une énergie magique te traverser, comme lorsque tu as été transporté à Gorgonia. Ébloui par une lumière blanche, tu fermes les yeux. Quand tu les rouvres, tu t'aperçois que tes compagnons et toi, vous êtes entourés par des flammes. L'air est empli de fumée !

— Ce n'est pas Avantia ! t'écries-tu. Qu'est-ce qui s'est passé ?

Le rire cruel de Malvel résonne autour de vous et, malgré la chaleur du feu, un frisson glacé parcourt ton dos.

— Vous êtes stupides ! se moque le sorcier maléfique. Vous avez peut-être retrouvé le poignard, mais vous pensiez vraiment pouvoir me vaincre ?

— Nooon ! hurles-tu.

Pourtant, il n'y a aucun moyen de s'échapper ! En faisant apparaître le portail du serpent, Malvel vous a joué un dernier mauvais tour.

La fumée entre dans ta gorge, te pique les yeux et t'empêche de respirer. Tu t'écroules sur le sol. Les flammes se pressent autour de toi…

FIN

Ta quête a échoué.
Malvel va s'emparer
de Gorgonia…

QUE SE SERAIT-IL PASSÉ SI TU AVAIS FAIT D'AUTRES CHOIX ? POUR TENTER DE NOUVEAU TA CHANCE ET ESSAYER DE SAUVER LE ROYAUME, RECOMMENCE L'AVENTURE !

Tu mets pied à terre et guides Éclair sur le pont-levis branlant. Tom fait la même chose avec Tempête, mais les planches grincent.

— Ce pont n'est pas assez solide, constate ton ami.

Vous laissez donc vos chevaux sur la rive et vous traversez le pont sans eux. Entre les planches, tu vois l'eau verdâtre qui tourbillonne et dans laquelle nagent d'impressionnants poissons à l'air féroce.

Crac ! Brusquement, une planche se brise : tes jambes passent à travers et se retrouvent tout près de la surface des douves. Les poissons se précipitent sans attendre vers toi en claquant des mâchoires.

Heureusement, Tom attrape ton bras et te hisse sur le pont. Vous courez vers le château alors que le pont s'effondre derrière vous. Tu te jettes sous une arche de pierre, à bout de souffle.

— Allons-y ! s'écrie ton compagnon.

Tu dégaines ton épée et tu entres dans la cour entourée de colonnes et de tours en ruine.

Tout à coup, une pierre roule sur les pavés et vous sursautez tous les deux.

— Qui est là ? appelles-tu.

Une vieille femme sort de derrière une colonne. Son visage est ridé, elle porte une cape noire et tient une boule de cristal.

— Cette femme doit être une voyante : elle peut prédire l'avenir.

Vous vous approchez d'elle.

— Pouvez-vous nous aider ? questionnes-tu. On est…

— Silence ! te coupe-t-elle. J'ai quelque chose à vous montrer.

Elle vous fait signe de la suivre. Tu es sur le point d'obéir, mais Tom te retient.

— Tu crois qu'on devrait lui demander où se trouve le poignard magique ? murmure-t-il.

Choisis ta destinée

**Pour suivre la voyante,
rendez-vous au 9.**

**Pour lui demander des informations
sur le poignard, va au 43.**

Au sommet de la tour, Tom et toi vous poussez de toutes vos forces sur la porte. Elle finit par s'ouvrir et vous vous retrouvez sur une terrasse. Au centre, tu aperçois Malvel, le poignard du destin à la main.

— Vous êtes stupides ! se moque-t-il. J'ai gagné !

Tu regardes Tom, puis tu t'écries :

— À l'attaque !

Ton compagnon et toi, vous vous précipitez sur le sorcier maléfique. Mais celui-ci se sert du poignard comme d'une épée et vous oblige à reculer vers le bord de la terrasse. Derrière toi, tu entends des battements d'ailes. Tu te retournes.

Skor, le cheval ailé, plonge vers toi, la gueule grande ouverte.

— Non ! hurles-tu.

Les dents de Skor se referment sur ton bras. Il te soulève dans les airs, survole la Ville de l'Ouest et te lâche dans le vide ! Pendant que tu tombes, le rire cruel de Malvel résonne : c'est le dernier son que tu entendras…

**Ta quête a échoué.
Malvel va s'emparer
de Gorgonia…**

QUE SE SERAIT-IL PASSÉ SI TU AVAIS
FAIT D'AUTRES CHOIX ?
POUR TENTER DE NOUVEAU TA CHANCE
ET ESSAYER DE SAUVER LE ROYAUME,
RECOMMENCE L'AVENTURE !

Tom et toi, vous pataugez dans les marécages qui dégagent une affreuse puanteur, en tenant Tempête et Éclair par la bride. La vase se colle à vos semelles et une brume jaune vous enveloppe.

Ton cheval pousse un hennissement inquiet.

— Je sais, le rassures-tu en lui caressant le nez. Cet endroit est étrange…

Devant toi, Tom essaie lui aussi de convaincre Tempête d'avancer, quand il dérape sur une plaque de boue et s'enfonce jusqu'aux genoux.

— Non ! crie ton ami.

Une silhouette apparaît brusquement dans le brouillard : c'est un homme vêtu d'un gilet de cuir. Une corde est enroulée autour de sa taille.

— Qui es-tu ? demandes-tu en dégainant ton épée.

L'inconnu lève les mains.

— Je ne suis pas armé, déclare-t-il. On dirait que vous avez besoin de mon aide, ajoute-t-il en montrant Tempête, qui continue de se débattre dans la vase.

L'homme s'agenouille près du cheval de Tom et lui murmure quelques mots. Au même instant, tu remarques que ses mains sont vertes et palmées !

Tu te jettes sur lui et le pousses pour l'écarter de Tempête.

L'inconnu ricane.

— Vous avez failli tomber dans mon piège ! Je suis Marlik, le monstre des eaux…

Son corps se déforme et devient vert. Des tentacules jaillissent de son cou. Il pousse un rugissement et, dans sa bouche, tu distingues des centaines de crocs.

— C'est une Bête ! comprends-tu.

Marlik s'approche de Tempête. Tu portes la main à ta ceinture pour t'emparer de la corne de Kaloom… Mais Tom t'en empêche.

— Si tu souffles dans cette corne, tu risques d'alerter d'autres Bêtes !

⬦ Choisis ta destinée ⬦

Pour souffler dans la corne de Kaloom malgré l'avertissement de ton ami, va au 50.

Si tu décides de suivre le conseil de Tom et de ne pas utiliser la corne de Kaloom, rendez-vous au 37.

Tu sautes et t'accroches à la branche. Tu grimaces de douleur en sentant les épines rentrent dans tes paumes. Pourtant, tu tiens bon et soulèves les jambes quand Klaxa passe sous toi. Sa corne mortelle manque tes pieds de justesse !

Soulagé, tu essaies de lâcher la branche pour te laisser tomber vers le sol, mais les épines s'agrippent à tes mains. Horrifié, tu vois d'autres épines jaillir du bois et s'enrouler autour de tes poignets.

— Attention ! hurle Tom.

Tu baisses la tête : Klaxa charge de nouveau vers toi. Tu relèves les jambes pour éviter la Bête, puis tu plantes tes talons dans sa nuque.

Le rhinocéros géant pousse un rugissement furieux.

De son côté, Tom s'empare de ton épée et bondit en avant pour frapper la branche avec ses deux armes. Les épines se rétractent : tu peux enfin te libérer.

Avant que Klaxa ait le temps de repartir à l'attaque, ton ami et toi, vous enfourchez vos chevaux et vous vous enfuyez au galop dans la brume. Au loin, tu aperçois un château en ruine.

— C'est exactement le genre d'endroit où Malvel aurait l'idée de cacher le poignard, remarques-tu.

Le château est entouré de douves qui dégagent une puanteur affreuse. Une longue échelle, dont les barreaux sont faits en os, part de la rive et grimpe vers une tour en surmontant les douves. Dans l'eau, tu vois aussi une barque.

Comment préfères-tu entrer dans le château ?

━ ✦ *Choisis ta destinée* ✦ ━

Pour grimper à l'échelle,
rends-toi au 4.

Pour te servir de la barque,
fonce au 36.

— Emparez-vous d'eux ! ordonne
Malvel. Je m'occuperai de vous plus tard.

Quatre hommes qui ne semblent pas
dans leur état normal se précipitent dans la
tente. Deux d'entre eux obligent Tom à
mettre les bras dans le dos. Mais avant qu'ils
puissent t'attraper, tu prends la corne de
Kaloom et souffles dedans à pleins poumons.

Aussitôt Malvel plaque les mains sur ses
oreilles en grimaçant. Les yeux des gardes
retrouvent leur éclat et ils relâchent Tom
en regardant Malvel d'un air horrifié.

— Vous êtes maintenant libérés du sortilège, leur expliques-tu.

Le visage du sorcier est rouge de colère.
Il saisit son bâton et lance un éclair en
direction de l'un des rebelles. Tu bondis
devant lui pour bloquer l'attaque avec ton
bouclier. Dehors, vous entendez des cris et

Malvel quitte la tente en courant. Tom, les gardes et toi, vous le poursuivez.

Les yeux de tous les rebelles alentour se sont éclairés. Ton ami et toi, vous échangez un grand sourire.

— C'est comme s'ils étaient revenus à la vie ! remarques-tu.

L'un des rebelles pointe le doigt vers Malvel pour le dénoncer.

— Il se sert de ses pouvoirs pour s'emparer de Gorgonia !

Le sorcier envoie un éclair aveuglant vers l'homme.

— Silence ! hurle-t-il. Ou bien je vous tuerai tous !

Il tire un objet de sa ceinture et l'agite vers Tom et toi : il s'agit d'une lame dont le pommeau est orné d'un crâne. Le poignard magique !

— C'est ça que vous cherchez ? demande-t-il d'un ton moqueur avant de disparaître dans un nuage de fumée noire.

— Il a dû partir vers son repaire, dans la Ville de l'Ouest, devine l'un des rebelles.

— Il faut le suivre ! déclares-tu à Tom.

Mais dois-tu demander aux rebelles de venir avec vous ? Ils pourraient vous aider. D'un autre côté, tu risques de les mettre en danger…

— Choisis ta destinée —

Pour partir sans les rebelles, va au 13.

Pour emmener les rebelles avec vous, rendez-vous au 21.

Tu portes la corne de Kaloom à tes lèvres et souffles dedans de toutes tes forces. La note résonne par-delà les marécages.

Les mains palmées de Marlik se resserrent autour du cou de Tempête et il enfonce la tête du cheval sous la vase. La monture de Tom essaie bien de se débattre, et ton ami et toi, vous vous accrochez à la Bête pour qu'elle lâche Tempête, mais vous n'êtes pas assez forts.

Crac !

Tout à coup, un objet long et pointu frappe l'épaule de Marlik, qui libère le cheval en poussant un hurlement. Tu reconnais l'arme : c'est le bâton de Kerlo !

Pendant que Tom et toi, vous aidez Tempête à sortir du marécage, le gardien des Portes émerge de la brume.

— Recule, Marlik ! ordonne-t-il.

Il reprend son bâton pour frapper le dos couvert d'écailles de la Bête : elle bondit en arrière avant de se précipiter sur toi. Tu tombes sur le sol et Marlik grogne au-dessus de toi en présentant ses centaines de dents acérées.

Tu réussis à ramasser une poignée de boue et tu l'enfonces dans la gueule de la Bête. Celle-ci s'étouffe et roule sur le côté.

— Partez ! vous conseille Kerlo en t'aidant à te redresser. Malvel est dans le château en ruine.

— Et la Bête ? demandes-tu, à bout de souffle.

— Je m'en occupe ! répond le gardien des Portcs.

Tom et toi, vous chevauchez au galop jusqu'au château en ruine. Il est entouré de douves remplies d'eau stagnante. Un pont-levis branlant est abaissé et plusieurs rochers sortent de l'eau. Comment vas-tu franchir les douves ?

━━━━ ➤ Choisis ta destinée ◂ ━━━━

Pour passer par le pont-levis, rendez-vous au 45.

Pour passer sur les rochers, rendez-vous au 52.

— Au secours ! hurle Tom depuis
les remparts.

Un des chiens a saisi le bras de ton ami
dans sa gueule, alors que l'autre est tapi,
prêt à bondir sur lui.

Tu ignores les cris de Tom. Tu t'empares de l'anneau en métal et tu soulèves la
trappe. Une volée de marches te conduit à
un tunnel qui s'éloigne du château. Bientôt, le souterrain est plongé dans l'obscurité.

Un rugissement terrifiant retentit dans
le tunnel, suivi d'un fracas de pierres qui
tombent. La Bête que tu as combattue a dû
se libérer et te pourchasse !

Tu te mets à courir à toute allure en fris-
sonnant de peur. Devant toi, tu aperçois
une lumière. « Il faut que je l'atteigne… »,
penses-tu.

Un bruit de pas lourds résonne derrière
toi. Tu te retournes : les yeux luisants du

chien te fixent dans le noir. Tu reprends ta course, mais Kaymon te rattrape facilement. D'un violent coup de patte, la Bête te projette sur le sol.

Ses crocs s'enfoncent dans ta gorge…

Ta quête a échoué. Malvel va s'emparer de Gorgonia…

QUE SE SERAIT-IL PASSÉ SI TU AVAIS FAIT D'AUTRES CHOIX ? POUR TENTER DE NOUVEAU TA CHANCE ET ESSAYER DE SAUVER LE ROYAUME, RECOMMENCE L'AVENTURE !

Tom et toi, vous laissez Tempête et Éclair sur la rive. En tendant les bras pour garder l'équilibre, tu avances sur le premier rocher qui dépasse de l'eau.

— C'est facile ! encourages-tu ton ami.

Suivi de Tom, tu sautes de rocher en rocher. Celui qui se trouve au milieu des douves est beaucoup plus gros que les autres : tu bondis dessus et... il se met à trembler.

Le rocher se soulève. Terrifié, tu réalises que tu es accroupi sur le dos d'une Bête ! Ses flancs sont recouverts d'une carapace épaisse, qui forme comme une armure, et une corne énorme sort de son front.

Tu entends la voix de Malvel dans ta tête : « Voici Klaxa, le rhinocéros géant... »

Le cou et les épaules de la Bête bougent chaque fois qu'elle pousse un rugissement assourdissant. Elle se redresse et tu bascules dans les douves. Klaxa agite sa corne en direction de Tom, qui tombe à son tour.

« On n'arrivera pas à se battre tant qu'on sera dans l'eau », penses-tu, désespéré.

La Bête regarde autour d'elle : elle cherche Tom !

Celui-ci remonte à la surface.

— Il faut nager sous l'eau ! lui conseilles-tu. Comme ça, la Bête ne nous verra pas.

Vous prenez tous les deux une profonde inspiration et vous plongez. Tu distingues les énormes pattes du monstre qui pataugent dans les douves, puis les parois du château : Tom et toi, vous vous mettez à nager dans cette direction avant de vous hisser sur la rive. Klaxa continue de tourner dans tous les sens, à votre recherche.

— Bienvenue ! croasse une voix près de toi.

Une vieille femme se tient au centre de la cour, une boule de cristal à la main.

— Cette femme doit être une voyante : elle peut prédire l'avenir, chuchote ton compagnon.

— Suivez-moi ! ordonne la vieillarde en vous montrant un escalier de pierre.

Choisis ta destinée

Pour suivre la voyante,
rendez-vous au 9.

Pour refuser de la suivre,
va au 16.

Avec ton coude, tu soulèves la toile de tente et, Tom et toi, vous rampez à l'extérieur. Vous avez de la chance : vos épées et vos boucliers sont juste devant vous. Tu te sers de la lame pour trancher tes liens et Tom t'imite.

Alors que tu te redresses, tu remarques que les rebelles regardent le ciel. Une ombre passe devant le soleil : il s'agit d'un cheval volant, qui bat l'air de ses ailes puissantes en faisant claquer ses mâchoires. Ses sabots sont aussi gros que des branches.

— C'est Skor, le cheval ailé, explique Tom. Je l'ai déjà combattu !

La Bête plonge vers le campement en donnant des coups de sabot aux rebelles. Il se précipite vers un vieil homme et l'oblige à reculer contre une tente.

— Laisse-le tranquille ! cries-tu.

Tom et toi, vous vous ruez sur Skor en parant ses coups de sabot avec vos boucliers. La Bête s'éloigne en s'envolant.

Le vieil homme que vous avez aidé fixe la corne accrochée à ta ceinture.

— C'est la corne de Kaloom, murmure-t-il tandis que ses yeux s'illuminent. Je comprends maintenant... Malvel nous avait tous ensorcelés... Et vous nous avez aidés à nous libérer.

Encore une fois, Skor atterrit et Malvel se dirige vers lui. Tom et toi, vous vous cachez aussitôt derrière une pile de chaudrons. Dans la main du sorcier, tu aperçois une lame, dont le pommeau est orné d'un crâne sculpté. Le poignard magique !

Malvel saute sur le dos du cheval ailé et lui ordonne de partir vers la Ville de l'Ouest.

— On doit les suivre pour récupérer le poignard, déclare Tom.

Tu baisses les yeux vers la corne de Kaloom. A-t-elle le pouvoir de libérer les rebelles du sortilège lancé par Malvel ? Est-ce que tu dois prendre le risque de t'en servir ?

Choisis ta destinée

**Pour te servir de la corne
de Kaloom et libérer les rebelles,
rendez-vous au 2.**

**Pour persuader les rebelles
de vous suivre sans utiliser la corne
de Kaloom, rendez-vous au 23.**

— J'arrive, Tom ! avertis-tu ton ami.

Tu t'engages dans un escalier qui mène aux remparts. L'un des chiens serre le bras de Tom entre ses mâchoires, tandis que l'autre est tapi, prêt à l'attaquer.

En poussant un cri de guerre, tu te précipites vers la deuxième Bête et tu lui donnes des coups d'épée. Elle bondit vers toi en rugissant. Au dernier moment, tu te baisses et le chien roule dans l'escalier : il atterrit dans la cour, assommé.

Tu grimpes sur la muraille et tu appelles la première Bête.

— Par ici !

Le chien se rue vers toi : tu t'écartes de justesse et bascules de l'autre côté des remparts. Il essaie de s'agripper au mur de pierre avant de tomber dans les douves.

— Est-ce que ça va ? demandes-tu à Tom.

Il hoche la tête en se frottant le bras.

— Oui, merci. Il est temps de repartir !

Vous vous élancez dans la cour, où tu montres la trappe à ton ami. Vous descendez une volée de marches et vous vous retrouvez dans un tunnel. Des insectes recouvrent le plafond, une lueur verte éclaire leurs queues.

— Ce sont des vers luisants, remarques-tu.

Mais soudain, l'un d'eux tombe vers le sol et s'enflamme. D'autres vers tombent à leur tour.

— Fuyons ! t'écries-tu en évitant les petits feux qui ont pris autour de vous.

Sur le côté, tu aperçois un autre passage, dans lequel vous vous glissez *in extremis*. Au bout, il y a une porte. Tom et toi, vous la franchissez et vous arrivez devant un labyrinthe de tunnels.

— On est sous la Ville de l'Ouest, comprends-tu.

— Loin de Tempête et d'Éclair, ajoute ton ami. J'espère qu'on arrivera à les retrouver.

Au bout de l'un des tunnels vous découvrez deux salles. La première est remplie d'armures, la seconde de trésors. De quel côté devez-vous aller ?

=== ✦ *Choisis ta destinée* ✦ ===

Pour entrer dans la salle aux armures, rendez-vous au 7.

Pour entrer dans la salle au trésor, rendez-vous au 33.

55

Tu te précipites vers Marlik, qui jette Tom sur le côté et te donne un coup dans le ventre. Tu lâches ton épée et ton bouclier avant de basculer en arrière.

Tandis que la Bête s'avance dans ta direction, tu trébuches sur quelque chose dans la boue : c'est une corne. Tu t'en empares et t'en sers pour frapper le visage couvert d'écailles de Marlik. Il s'écroule dans la boue en poussant un grognement.

Sur l'instrument, un mot est gravé : « Kaloom ». Tu le montres à Tom.

— Kaloom est le nom du campement des rebelles, explique ton ami en se relevant. Marlik leur a sûrement volé cet objet.

— On devrait partir avant que la Bête ne se réveille, suggères-tu.

Tu glisses la corne de Kaloom dans ta ceinture et tu siffles pour appeler Tempête et Éclair. Les chevaux émergent de la brume.

Vous partez au galop et vous arrivez bientôt près d'un château en ruine.

— Allons chercher la dague là-bas, suggère Tom.

Le château est entouré de douves. Il y a un arbre près de la rive. Est-ce que tu préfères traverser les douves à la nage ou bien grimper dans l'arbre pour atteindre l'autre côté ?

Choisis ta destinée

**Pour traverser les douves à la nage,
rendez-vous au 22.**

**Pour grimper dans l'arbre,
rendez-vous au 41.**

Tu places la bouteille dans ta poche, puis tu aides Tom à pousser sur la porte pour l'ouvrir.

Elle mène au toit de la tour au-dessus de laquelle plane Skor. Tu aperçois Malvel, debout devant un chaudron bouillonnant.

— Il cst trop tard ! se moque le sorcier maléfique. Ma potion est presque prête. Il ne me reste plus qu'à ajouter un ingrédient pour dissoudre le poignard !

Il passe la main sous sa cape et fronce les sourcils.

— Tu as peut-être perdu quelque chose ? demandes-tu en sortant de ta poche la bouteille remplie de liquide violet.

La panique envahit les yeux du sorcier.

— Attaque-les ! ordonne-t-il à Skor.

À ces mots, tu débouches la bouteille et la vides en direction du cheval ailé, qui se jette sur toi. Skor pousse un cri de douleur et se met à fondre, avant de disparaître complètement !

Tu t'approches de Malvel.

— Donne-moi le poignard si tu ne veux pas finir comme ta Bête ! déclares-tu.

Le sorcier te tend l'arme, puis il hurle en brandissant son bâton :

— Je vais vous tuer tous les deux !

Au même instant, un autre bâton fend l'air et frappe celui de Malvel, qui est obligé de le lâcher.

— Kerlo ! t'exclames-tu.

Le gardien des Portes se tient en haut des escaliers, en compagnie des rebelles.

— Laissez-moi passer ! siffle Malvel, furieux, en se frayant un chemin dans la foule.

L'air se met à scintiller et la Porte de Trillion apparaît. Aduro en sort, suivi d'Odora, qui est guérie. Tu lui remets le poignard.

— Ta quête est terminée, déclare le bon sorcier. Il est temps de rentrer à Avantia.

Odora sourit.

— Si tu veux, tu peux fêter ta victoire avec nous, à Gorgonia ! propose-t-elle.

⚔ Choisis ta destinée ⚔

Pour rentrer à Avantia, rendez-vous au 10.

Pour rester à Gorgonia et fêter ta victoire avec les rebelles, va au 25.

Vis aux côtés de Tom et Elena une aventure extraordinaire avec

Avantia est en danger !

Malvel, le sorcier maléfique, a volé le chaudron magique d'Aduro et veut se servir de ses pouvoirs pour détruire Avantia. Réussiras-tu à vaincre les terribles Bêtes qui le gardent ? Tom et Elena t'aideront pour cette dangereuse mission, mais prends garde ! Choisiras-tu la bonne route, celle qui te permettra de sauver le royaume ?

C'est à toi de décider !

Plonge-toi dans les aventures de Tom à Avantia !

LE DRAGON DE FEU

LE SERPENT DE MER

LE GÉANT DES MONTAGNES

L'HOMME-CHEVAL

LE MONSTRE DES NEIGES

L'OISEAU-FLAMME

LES DRAGONS JUMEAUX

LES DRAGONS ENNEMIS

LE MONSTRE MARIN

LE SINGE GÉANT

L'ENSORCELEUSE

L'HÔMME-SERPENT

LE MAÎTRE DES ARAIGNÉES

LE LION À TROIS TÊTES

L'HOMME-TAUREAU

LE CHEVAL AILÉ

LE SERPENT MARIN

LE CHIEN DES TÉNÈBRES

LE SEIGNEUR DES ÉLÉPHANTS

PAPIER À BASE DE FIBRES CERTIFIÉES

⊟ hachette s'engage pour l'environnement en réduisant l'empreinte carbone de ses livres. Celle de cet exemplaire est de :

450 g éq. CO_2

Rendez-vous sur www.hachette-durable.fr

Imprimé en Espagne par CAYFOSA
Dépôt légal : août 2012
Achevé d'imprimer : juillet 2013
20.3048.4/05 – ISBN : 978-2-01-203048-0
Loi n° 49956 du 16 juillet 1949
sur les publications destinées à la jeunesse